AF457740

Collection de M. C...

TABLEAUX ANCIENS

Portraits de l'École française

ŒUVRE IMPORTANTE DE CH. JACQUE

Dessins, Gouaches, Gravures

CLAVECINS DU XVIIIe SIÈCLE, MEUBLES, CURIOSITÉS

Livres, Reliures à Armoiries

EXPOSITION PUBLIQUE

Le Mercredi 27 Mars 1895, de 2 heures à 5 heures 1/2

HOTEL DROUOT, SALLE N° 2

COMMISSAIRE-PRISEUR

Me Maurice DELESTRE, rue Drouot, 27

EXPERTS

M. F. JACOB
53, rue de Châteaudun, 53

M. B. LASQUIN
12, rue Laffitte, 12

PARIS — 1895

IMPRIMERIE MAULDE ET RENOU

A. MAULDE & Cie

IMPRIMEURS DE LA COMPAGNIE DES COMMISSAIRES-PRISEURS

Rue de Rivoli, 144. — Paris

CATALOGUE

DE

TABLEAUX ANCIENS

DU XVIe AU XVIIIe SIÈCLE

Portraits de l'École française, Peintures gothiques et de l'École des Clouet

La Procession de la Ligue en 1593

ŒUVRES SUR LA RÉVOLUTION

TABLEAU IMPORTANT PAR CH. JACQUE

Ayant figuré au Salon de 1870

DESSINS, GOUACHES, GRAVURES, MINIATURES

Deux Clavecins du XVIIIe siècle

Meubles, Bibliothèques. Piano demi-queue de Pleyel

Curiosités, Objets divers

LIVRES AVEC RELIURES A ARMOIRIES

Composant la Collection de M. C...

ET DONT LA VENTE AURA LIEU

HOTEL DROUOT, SALLE N° 2

Les Jeudi 28 et Vendredi 29 Mars 1895

A DEUX HEURES

COMMISSAIRE-PRISEUR

Me Maurice DELESTRE, rue Drouot, 27

EXPERTS

M. F. JACOB	M. B. LASQUIN
53, rue de Châteaudun, 53	12, rue Laffitte, 12

EXPOSITION PUBLIQUE

Le Mercredi 27 Mars 1895, de 2 heures à 5 heures 1/2

CONDITIONS DE LA VENTE

—

Elle sera faite au comptant.

Les Acquéreurs paieront CINQ POUR CENT en sus des enchères.

A. MAULDE et Cie, imprimeurs de la Compagnie des Commissaires-Priseurs,
rue de Rivoli, 144 600—49289

TABLEAUX

JACQUE (Charles)

1 — Intérieur de Bergerie.

Dix moutons ou brebis sont groupés devant un râtelier, d'où ils tirent à qui mieux mieux l'herbe dont il est rempli.

Au centre deux brebis et un agneau se désaltèrent dans un baquet.

Cinq poules picorent çà et là dans la paille, une sixième est perchée sur le râtelier. A terre, un balai et des feuilles de choux.

Au mur est accrochée la besace du berger.

Œuvre magistrale du meilleur faire du maître, ayant figurée au Salon de 1870.

Toile : H. $0^{m},70$; L. : 1^{m}.

2 — **Bocchi** (F.). Sujet satirique, avec procession de paysans.

Toile : H. $0^{m},61$; L. $0^{m},88$.

3— **Boilly**. Tête d'Enfant.

Toile ovale.

BRONZINO (Attribué au)

4 — Portrait de Dame.

A mi-corps, en corsage brun brodé d'or, à manches de soie blanche. Elle tient un livre de la main gauche.

Panneau.

BRONZINO (Attribué au)

5 — Saint Jean l'Évangéliste.

A mi-corps, draperie rouge jetée sur l'épaule, tenant une plume devant des tablettes à écrire.

Panneau.

6 — **Boze**. Portrait de Marie-Antoinette.

Toile ovale.

7 — **Castiglione**. Instruments de musique et Mappemonde.

Toile.

CLOUET (Attribué à)

8 — Portrait de Marie-Stuart.

Le visage de trois quarts à droite, encadré d'une cornette blanche à laquelle est rattaché un voile blanc, couvrant le reste du buste.

Bois : H. 0m,37 ; L. 0m,27.

CLOUET (École des)

9 — Portrait de Femme.

En buste, corsage brun, large collerette avec collier de perles et d'or retombant sur la poitrine. Cadre noir guilloché.

Panneau.

10 — **David** (École de). Portrait d'un Artiste peintre.

Toile.

DESHAYS

11 — Portrait d'une Musicienne.

Représentée à mi-corps, jouant de la guitare.

Tournée vers la droite elle est vêtue d'un corsage rouge à crevés et rubans blancs, le cou entouré d'un fichu et la chevelure blonde couverte par un voile de gaze rejeté en arrière.

Gracieux portrait, signé à gauche : Deshays de C., et daté de 1770.

Toile ovale : H. 0m,76 ; L. 0m,62.

DESHAYS

12 — Portrait d'un Musicien.

Représenté à mi-corps, en habit bleu brodé d'or, regardant de face, il tient son violon sous le bras gauche et son archet de l'autre main, appuyée sur le dossier de son siège.

Beau portrait, signé à gauche. F. Deshays de Colaville, Pictor Regis, 1770.

Toile ovale : H. 0m,76 ; L. 0m,62.

13 — **Dow** D'après Gérard. La Femme hydropique.

Très belle aquarelle, d'après le tableau du Musée du Louvre.

14 — **Drouais (?).** Portrait présumé de Voltaire jeune.

Représenté à mi-corps, le bras gauche accoudé, tenant une Tabatière d'argent.

Toile.

15 — **Escossura**. Jeune Femme lisant une lettre dans une allée de jardin.

Panneau.

EYCK (École des Van)

16 — La Vierge assise portant l'Enfant Jésus.

Petite peinture sur panneau.

H. 16m00; L. 12m00.

17 — **Favray** (Le Chevalier). Portrait de Madame de Montauzier, en buste, un fichu de dentelle noire encadrant le visage.

18 — **Franck**. Scène galante.

Un gentilhomme courtise une jeune femme assise sur un coffre près d'un lit. Au fond, on aperçoit un troisième personnage dans l'entrebaillement d'une porte.

Sur cuivre.

19 — **Gillot (?)**. Scène de la comédie du Malade imaginaire, onze figures.

Bois.

20 — **Greuze (?)**. Jeune Fille assise. (Ébauche.)

Toile.

21 — **Guido-Reni**. Mater Dolorosa.

Cadre plaqué d'écaille.

22 — **Jouve** (A.). Bouquet de pivoines.

Bois forme ovale.

23 — **Laar** (Pierre dit le Bamboche). Allégorie satirique.

Toile.

24 — **Lancret** (Genre de). Les Jardiniers (Dessus de porte en hauteur).

Toile.

25 — **Lepaulle**. Portrait de Femme en buste, corsage noir.

Toile.

26 — **Leprince** (Genre de). Jeux d'enfants chinois.

Toile forme ronde.

27 — **Longhi**. Intérieur d'atelier d'artiste peintre et sculpteur.

Toile.

28 — **Meyer** (S.), 1781. Portrait d'Homme en habit violet.

Signé et daté.
Toile ovale.

29 — **Monnier** (Henri). Portrait d'un Écrivain.

Toile.

NATTIER (Attribué à)

30 — Portrait de jeune Dame à mi-corps, en costume de soie blanche, orné d'une guirlande de fleurs. A droite, sur une console, une corbeille remplie de roses et de fleurs diverses.

Toile : H. 1m,15 ; L. 0m,87.

NATTIER (Attribué à)

31 — Portrait de Femme.

En costume rouge, les mains dans un manchon de fourrure.

32 — **Neimké** (Karel). Portrait d'Homme coiffé d'une toque de fourrure.

33 — **Oudry** (Attribué à). Deux Chiens dont l'un entouré par un serpent.

34 — **Porbus** (Attribué à). Portrait de Femme.

La tête se détache sur une large collerette bordée de guipure.

Toile.

35 — **Raoux** (?). Jeune Femme couchée servie par un négrillon.

Toile.

REGNAULT (Baron)

36 — Hécube et ses Filles, à Troie. (Esquisse.)

Toile.

37 — **Rembrandt** (École de). La Fuite en Egypte.

RÉVOLUTION (Sur la)

38 — La Salle de l'Assemblée Nationale.

La scène est prise au moment de la fameuse réponse de Mirabeau au marquis de Dreux-Brézé.

Toile.

RÉVOLUTION (Sur la)

39 — La Fête de la Nation.

La foule assiste à un feu d'artifice tiré derrière un monument de style grec sur une grande place ornée de deux pylones chargés de trophées de drapeaux.

Toile.

40 — **Rubens** (Attribué à). Portrait d'Homme en buste, la tête de trois quarts à gauche, avec barbe blonde en pointe.

Toile.

41 — **Rubens** (D'après). La Vierge et Jésus.

Bois.

SALLAERT

42 — L'Infante Isabelle à la cérémonie du tir du Grand Serment, à l'église des Sablons, à Bruxelles.

La Compagnie des archers et des arbalétriers, escortée de musiciens, disposée en deux longues files, débouche sur la place de l'église au milieu d'une foule de spectateurs.

Près de l'église, l'Infante placée sous un dais de velours rouge, reçoit les hommages des dignitaires.

Composition intéressante comprenant une quantité innombrable de figures.

Toile : H. $1^{m}48$; L. $2^{m}40$.

43 — **Sauvage** (?). Le Sommeil de l'Amour.

Dessus de porte en grisaille.
Toile.

44 — **Sauvage.** Jeux d'enfants.

Grisaille ovale.

45 — **Schosff** (1640). Paysage avec colline et figures sur une route au premier plan.

Signé à droite.
Bois.

46 — **Tiepolo** (D). Martyre d'un saint.

Toile.

TOCQUÉ (?)

47 — Portrait de M. Voyer d'Argenson.

Représenté assis devant son bureau, en habit gros bleu et gilet rouge brodés d'or. Il tient une feuille manuscrite de la main droite.
Toile.

48 — **Tourmères** (?). Tête d'Homme coiffé de la grande perruque.

Peinture sur panneau, en cours de restauration, dans un beau cadre ovale en bois sculpté de l'époque Louis XIV.

49 — **Treu** (Nicolas). Portrait d'un Homme de lettres.

Toile.

50 — **Trinquesse** (?) Portrait de Dame dessinant, assise, en robe rose.

Toile.

51 — **Vallayer-Coster** (Mme). Branches de fleurs.

LOO (Attribué à Van)

52 — Le Joueur de tambourin.

En costume blanc à ornements bleus.
Peinture sur toile en cours de restauration.

53 — **Loo** (Van). Portrait d'Homme en buste, en habit rouge.

Forme ovale. Toile.

54 — **Loo** (D'après Van). Portrait d'Homme de l'époque Louis XV, à mi-corps, en armure, la main droite posée sur un casque.

VESTIER (Attribué à)

55 — Portrait de femme en buste, robe bleue.

Toile ovale.

WATTEAU (Attribué à Louis)

56 — La Mort de Desille, à Nancy, 31 août 1790.

Toile.

57 — **École anglaise**. Plage à marée basse.

Bois.

58 — **École anglaise.** Sujet de trois figures.

Esquisse.

59 — **École allemande** (XVIe siècle). Saint Jérôme en prière dans une grotte.

Bois.

60 — **École allemande** (XVIIe siècle). Tête de Vieillard.

Le visage vivement coloré, entouré d'une barbe et de cheveux blancs, la tête couverte d'une petite calotte noire, un manteau rouge passé sur les épaules.

Toile.

61 — **École hollandaise.** Portrait de Femme en costume gris.

62 — **École hollandaise.** Un Écureuil.

63 — **École hollandaise.** Portrait d'Homme, de grandeur naturelle en pied, tenant son chapeau de la main gauche.

Toile.

64 — **École hollandaise**. Flotte près de la côte, par un mauvais temps.

65 — **École hollandaise.** Portrait de jeune Femme tenant un feuillet de musique.

Bois.

66 — **École flamande** (XVIe siècle). La Vierge et Jésus.

Peinture sur panneau en cours de restauration.

67 — **École flamande** (XVIe siècle). Portrait de jeune Femme.

En buste, coiffée d'un chapeau de paille, grande collerette de guipure, corsage blanc à dessin noir.
Bois.

68 — **École flamande** (XVIe siècle). La Vierge allaitant l'Enfant Jésus.

La Vierge, couverte d'une draperie rouge, est assise sur un trône d'ordre architectural à colonnes.

69 — **École flamande.** Portrait de Philippe V à cheval.

Bois.

70 — **École flamande.** Deux petites peintures sur panneaux : Sainte Madeleine en prière et tête de vieille Femme.

71 — **École flamande.** Marche d'armée dans les Flandres.

Toile.

72 — **École flamande.** La Mort victorieuse.

Scène satirique.
Toile.

73 — **École primitive italienne.** Figure d'un Saint, sur fond d'or.

Panneau.

74 — **École italienne** (XVIe siècle). La Nativité.

La Vierge agenouillée devant l'Enfant Jésus soutenu par un ange. Fond de paysage à droite. L'étable et la figure de saint Joseph.
Peinture sur bois de forme ronde.

75 — **École italienne** (XVIe siècle). Portrait de Femme en buste, en riche costume de l'époque de François Ier. Corsage noir à crevés blancs brodé d'or; coiffure ornée de perles.

76 — **École italienne.** Portrait d'Homme revêtu de l'armure. Époque Louis XIII.

Toile.

77 — **École italienne.** Portrait d'un Évêque.

Toile.

78 — **École italienne.** Tête de Femme du XVe siècle, de profil à droite.

Peinture sur bois dans un cadre Louis XIII, en bois noir et cuivre.

79 — **École italienne.** La Chute de Phaéton.

Toile.

80 — **École vénitienne** (XVIe siècle). Deux portraits de Patriciennes en riches costumes, à mi-corps.

Toile.

ÉCOLE FRANÇAISE (XVIe siècle)

81 — **Procession de la fameuse Ligue contre Henri IV.**

La tête de la procession débouche d'une rue à gauche, sur une place, et défile devant une foule de gens de la cour, de marchands et de gens du peuple pressés, le long des boutiques.

Le défilé est composé de moines et de soldats armés de mousquets et d'épées, de musiciens et d'enfants.

Au-dessous de ce sujet, une frise représente un second épisode de cette procession, mais dirigée vers la gauche.

Composition très curieuse d'une animation extraordinaire. Précieux document pour l'Histoire de Paris.

Ce tableau a été gravé.

Toile : H. 1m50; L. 2m62.

82 — **École française** (XVIe siècle). Portrait de Pierre Ronsard, de profil à droite, en buste: la tête laurée, vêtu d'un pourpoint noir à rayures d'or recouvert d'un manteau rouge, fond vert.

H. 0m17; L. 0m13.

83 — **École française** (XVIe siècle). Portrait de Femme en corsage noir à crevés, les épaules recouvertes d'une chemisette à collerette en guipure.

Bois. Cadre noir guilloché.

84 — **École française** (XVIe siècle). Portrait présumé de Catherine de Médicis en buste.

Cadre à ramages.
Bois.

85 — **École française** (XVIIe siècle). Le Génie de la Peinture.

La Renommée couronne un artiste peintre reproduisant, sur la toile, un groupe de jeunes femmes posant devant lui.

Toile : H. 0m42; L. 0m60.

86 — **École française** (XVIIe siècle). Portrait de jeune Homme représenté en pied, revêtu de l'armure.

Toile.

87 — **École française** (XVIIIe siècle). Portrait du duc de Gesvres.

A mi-corps, en habit chamarré de fleurs sur fond blanc, la main droite cachée dans l'habit et tenant une houlette de l'autre main.

Toile : H. 1m; L. 0m80.

88 — **École française** (XVIIIe siècle). Portrait de Dame, représentée assise, le bras gauche accoudé sur un clavecin.

Toile : H. 1m15; L. 0m88.

89 — **École française** (XVIIIe siècle). Dame de l'époque Louis XV, montrant le portrait de son enfant.

Toile.

90 — **École française** (XVIIIe siècle). Tête de Femme.

Toile ovale.

91 — **École française** (XVIIIe siècle). Portrait d'Homme.

Toile ovale.

92 — **École française** (XVIIIe siècle). Portrait d'un Écrivain, en buste.

Toile ovale.

93 — **École française** (XVIIIe siècle). Vue de Paris au XVIIIe siècle.

La vue s'étend sur la Seine et ses quais, vers le Pont Neuf, à gauche le palais du Louvre.

94 — **École française** (XVIIIe siècle). Portrait de Femme en robe noire.

Toile ovale.

95 — **École française** (XVIIIe siècle). Portrait de Femme tenant une rose.

96 — **École française** (XVIIIe siècle). Tête de malade, de profil à droite.

Toile.

97 — **École française** (XVIIIe siècle). Portrait de Femme âgée, en buste.

Toile ovale.

98 — **École française**. Portrait d'un Architecte, en buste, la main gauche passée dans son gilet, tenant un compas de l'autre main.

Toile.

99 — **École française**. Portrait de Henri IV, roi de France, revêtu de la cuirasse, une écharpe blanche et le cordon de l'Ordre du Saint-Esprit en sautoir à mi-corps.

Toile : H. 0^{m}88; L. 1^{m}2.

100 — **École française.** Portrait de Fénelon.

Toile.

101 — **École française.** Tête de Femme.

102 — **École française.** Portrait de jeune Homme en buste.

Toile ovale.

103 — **École française.** Portrait en pied de Philippe V, roi d'Espagne, revêtu de l'armure.

Bois.

104 — **École française.** Épisode de la Prise de la Bastille.

Toile.

105 — **École française.** Intérieur de foyer avec chenets Louis XVI.

Toile.

106 — **École française**. Mercure et Argus.

107 — **École française**. La Rupture du Contrat.

Bois.

108 — **École française** (1830). Portrait de Femme en buste, tenant un binocle.

109 — Portraits et Sujets divers non catalogués.

DESSINS

110 — Monument consacré à la postérité en mémoire de la folie incroyable de la vingtième année du xviiie siècle. Intéressant Dessin à l'encre de Chine, comprenant une multitude de figures, satyre du système de Law, Contrôleur général des Finances. Au dessous du sujet, une longue légende donnant l'explication du sujet.

111 — Vues de Venise et d'un Port de mer. (Dessin à la plume et à la sépia.)

112 — Deux petites Gouaches, scène pastorale (feuille d'éventail Louis XV) et Femme tenant une balance.

113 — Gouache sur vélin à double face, du xvie siècle : d'un côté, une Assemblée présidée par un Cardinal : au revers, l'Annonciation en grisaille.

114 — Gouache sur vélin : L'Ange Gabriel.

115 — Trois petites Gouaches sur vélin du xviie siècle : Sainte Cécile, la Vierge, Jésus et Sainte Femme, Jésus enfant, distribuant des jouets aux enfants.

116 — Trompe-l'Œil : Gravures, Feuilles manuscrites et imprimées, Dessins, Plumes d'oie jetés pêle mêle (Dessin).

117-167 — Environ deux cents Dessins montés, des différentes écoles. **École française** : Boissieu, Cassas, Chardin, Desfriches, Michel Corneille, Hilaire. Michallon, Van der Meulen, Van Loo, Prieur, Hubert-Robert, Regnault, Parizeau, Thienon, Vincent, Wallin, Wille, etc. **Écoles allemande et flamande** : Goltzius, Rottenhamer, Holbein, Hans, Balding, de Vos. **École italienne** : Pierre de Cortone, Carrache, Guerchin, Zaïs, Raphaël, etc.

168-178 — Environ trente-cinq pièces Dessins d'ornements et d'architecture des Écoles française et italienne.

179-188 — Aquarelles et Dessins modernes par Andrieux, E. Lami, Flers, Tesson, Vigneron, Tassaert, H. Huet, Pigal, Menzel.

189 — Aquarelle ébauchée par Meissonier : Deux Reitres dans un cabaret.

MINIATURES

190-200 — Environ quarante pièces : Petites Peintures, Portraits des xvie et xviie siècles, Miniatures, Dessins et Émaux du xviiie siècle, Portraits de Femmes.

GRAVURES

201 — Suite de vingt-neuf Planches gravées et coloriées, par Volpato, reproductions des loges de Raphaël au Vatican.

202 — Gravures en couleur du XVIIIe siècle. Portraits, Pièces sur la Révolution.

203 — Trois Portefeuilles de gravures anciennes, grandes pièces d'après Cochin, Moreau, Slotz, seront vendues par lots.

204 — Eaux-Fortes de Ch. Jacque.

MEUBLES
CURIOSITÉS, OBJETS DIVERS

205 — **Beau Clavecin de l'époque Louis XV,** orné de peintures sujets mythologiques, sur support à pieds contournés en bois sculpté à vases et bouquets de roses en dorure sur fond noir.

206 — **Clavecin de l'époque de la Régence**, décoré de peintures sur fond d'or à motifs de fleurs, rinceaux et figures d'amours, sur son support en bois sculpté à coquilles, mascarons et feuillages en dorure sur fond vert au vernis Martin. (En cours de restauration.)

207 — Grande Bibliothèque à trois vantaux en bois de chêne sculpté à motifs de style original et à colonnettes torses.

208 — Grand Buffet à deux corps, d'aspect architectural en chêne sculpté de travail flamand.

Le bas ouvre à quatre portes pleines, orné de montants à écussons et mufles de lions, de frises, de rinceaux et de moulures. Le haut est vitré, orné de colonnettes torses et surmonté d'un fonton.

209 — Table Empire en acajou, système Tronchin.

210 — Deux Meubles à dessins et gravures, en chêne, contenant douze tiroirs.

211 — Armoire italienne en marqueterie de bois XVIe siècle.

212 — **PIANO** demi-queue en acajou de chez Pleyel.

213 — Petite Table tricoteuse en acajou.

214 — Trois Vitrines plates à cages en cuivre.

215 — Meuble vitré en citronnier.

216 — Chauffe-Assiettes revêtu d'acajou, dessus de marbre.

218 — Toilette anglaise en acajou.

219 — Pendule Louis XIII, dite « religieuse » en écaille et marqueterie de cuivre, à pilastres et fronton cintré.

220 — Crucifix du XVIIe siècle en bois sculpté dans son cadre en bois doré.

221 — Deux petits Cadres cintrés du haut, du XVIe siècle, en bois finement mouluré avec frise d'ornements en dorure sur fond noir.

222 — Petit Cadre du XVIe siècle en bois d'ébène orné de plaques en cristal.

223 — Petit Cadre de calendrier en marqueterie de bois Louis XVI.

224-230 — Sièges, Gaines ou Étuis en cuir doré aux fers des XVIIe et XVIIIe siècles. (Ce lot sera divisé.)

231 — Petite Pendule en porcelaine de Saxe. Epoque de Marcolini.

232 — Lanterne chinoise, forme hexagonale, en bois noir et vitraux.

233 — Bas-Relief rectangulaire en bois sculpté.

234 — Lot de Bronzes, Ornements de meubles Louis XIV, Louis XV et Louis XVI, Chenets, Flambeaux, etc.

235 — Un Pilon et une Pyramide en porphyre rouge oriental.

236 — Dessus de Table rectangulaire en granit oriental.

237 — Un autre Dessus de Table en granit rose oriental.

238 — Plusieurs Dessus de Consoles et de Commodes en marbres divers.

239 — Chevalets à tableaux.

240 — Cadres divers.

LIVRES

241 — Environ **Mille Volumes** anciens et modernes : Semaines Saintes et Almanachs avec armoiries; Atlas, maroquin ancien avec armoiries, reliures anciennes et boîtes en maroquin, plusieurs avec armoiries; Missel parisien, maroquin bleu, avec armes du duc d'Orléans ; plusieurs Volumes reliés en maroquin rouge aux armes du duc d'Orléans, fils aîné de Louis-Philippe; nombreux Catalogues de ventes de tableaux, curiosités, etc., du XVIIIe siècle, la plupart avec les noms et les prix; Collection Cazin, etc., etc.

IMPRIMERIE A. MAULDE ET Cie
144, RUE DE RIVOLI. — PARIS

www.ingramcontent.com/pod-product-compliance
Ingram Content Group UK Ltd.
Pitfield, Milton Keynes, MK11 3LW, UK
UKHW020528180726
13839UKWH00005B/2379

9 782329 477404